德胜

恩然古澜

方严 著

北方文艺出版社

图书在版编目(CIP)数据

忽然安澜 /方严著. -- 哈尔滨：北方文艺出版社，
2020.11

ISBN 978-7-5317-4866-3

Ⅰ.①忽… Ⅱ.①方… Ⅲ.①诗集-中国-当代
Ⅳ.①I227

中国版本图书馆 CIP 数据核字(2020)第 170948 号

忽然安澜
HURAN ANLAN

作 者 / 方严

责任编辑 / 李正刚　　　　　　　　装帧设计 / 力扬

出版发行 / 北方文艺出版社　　　　网 址 / www.bfwy.com
邮 编 / 150008　　　　　　　　　经 销 / 新华书店
地 址 / 哈尔滨市南岗区宣庆小区 1 号楼
发行电话 / (0451) 86825533

印 刷 / 成都兴怡包装装潢有限公司　开 本 / 880×1230　1/32
字 数 / 200 千　　　　　　　　　　印 张 / 7.25
版 次 / 2021 年 1 月第 1 版　　　　印 次 / 2021 年 1 月第 1 次印刷

书 号 / ISBN 978-7-5317-4866-3　　定 价 / 68.00 元

为爱而歌，静候你从远方奔来

——序方严诗集《忽然安澜》

梁 平

自《诗经》以来，情诗在中国就有经久不衰的魅力。先人留下的《关雎》《月出》等数不胜数的名篇，与现代社会人们的浪漫追求和对爱情、幸福的理解与想象，虽有差异，但归根结底也都如出一辙。"月出皎兮，佼人僚兮。舒窈纠兮，劳心悄兮。"夜色里的明月，就是爱人的身影，爱慕的人如同月色那样美好，窈窕曼妙，却求之不得，坐立难安。这样的相思境况应该是每个人都过有的刻骨和生动，真实、质朴而干净，无论古人还是现代人，都没有理由忽视它的存在。

应该为爱情诗正名。作为诗歌创作而言，爱情诗不必遮遮掩掩，这是人类共同拥有的宝藏，取之不尽，用之不竭。方严的《忽然安澜》，就是一本充盈着执念、守望和期待满满的爱情诗集，里面可以看见一个怀揣"古意"的年轻人的喋喋不休：

我难免有些不可觉察的深情，许是你的缘故

十七岁时的含笑和颊上浅浅的羞红被唤醒

你的低语如同转辙的轱辘

汲取我心底抑制多年的真情

此际恋情如醉，你原是消除我满腔愁恨的红酒杯

把盏吟风，盏盏喝尽，令我的双眼流出苦泪

我便搂着贴近的肢体醉了，醉在星子疏落的夜里

醉在灵泉汩汩的眸底，醉在你不休的娇嗔里

醉在凝香的皓腕旁、至美的誓言里

——《醉》

　　这首诗打开的少女情窦是美妙的、美好的，美妙和美好都不能亵渎。我在读这首诗的时候，被作者真挚和纯粹的情绪所感染，读出的是没有被污染的向往。现在有人读诗，总喜欢以卫道士的贼眼在字句里挑一些所谓"道德"来扼杀美好，这是不正常的，这就可能把这首诗打入冷宫。比如十七岁，比如贴近的肢体，比如凝香的皓腕。谁没有十七岁，谁又没有少年维特的烦恼和初开的情窦？跟古代人比起来，现在写情诗的顾虑远不止这些，还包括生拉活扯的对号入座，莫名其妙的"正经"解读。其实每个人的情感和表达都不能复制，同样每个人也不能把自己的阅读感受拿来作为指责的标准。从善的心才有一双从善的眼睛，从善的眼睛才能看见美妙和美好。

其实方严是男是女，年龄几何我不得而知，我只是在诗歌文本上与作者谋面。方严的诗无论是在独处还是在游历，自然山水、一草一木一花都在睹物情牵，有爱在，有一个人在，有深深的爱恋在。这也是《忽然安澜》带给我的欣慰，有爱在，生活就能够温暖。

雨落沉沉，海棠咽下透明的泪水
肠断而歌苦，窗后的瘦影因我惆怅
情话的字粒，卡在咽喉，化为轻咳
六杯酒后，呕吐出梦碎的悲与忧
泪水成诗，写成花容挂在枝头绽放亮彩
许她每年可采几朵楚楚有致的粉红

雨后天晴，霓虹灿丽，时光有序
人影含窗，笛音萦绕，漫溢梦中的蓝
风吹野花倾覆、青草繁绕，一树粉红
阳光映进她瞳孔，让我动情地回首
粉花与翠叶、斑斓的枝影，纷纭交错
海棠摇曳娇羞，暗香浸染衣袖
我擦净每一朵花瓣上的行行凝露
衬着阳光，道出每夜相思的熬煮
许海棠一树绚烂，许她一生幸福

——《面对一朵海棠花》

爱情这个东西就是这么神奇，可以面对一朵海棠生出那么多情愫，"海棠咽下透明的泪水/肠断而歌苦""泪水成诗，写成花容挂在枝头绽放亮彩/许她每年可采几朵楚楚有致的粉红"。但凡相思之苦，都有泪水浸泡，而泪水成诗亘古不变，写成花容留在枝头，留给自己日思夜想的爱人，而且楚楚有致。这就是方严别有的一种爱情方程式。

写到这里，我忽然想到葡萄牙诗人费尔南多·佩索阿，他在一生的写作中，经常转换角色，甚至使用多个名字、多种文体，包括在这些角色中，自己与自己对话和辩论，最终完成了他非凡的成就，即对文学的整体贡献。我在这里说佩索阿并非拿来类比，这个没有可比性。只是因为《忽然安澜》的作者方严，对于我来讲几乎是陌生的。这种陌生有作者性别、年龄以及诗歌文本时常带给我的错觉。在方严的爱情诗里，抒情的对象时而是男孩，时而是女孩，方严能够在自己的角色里轻松转换，而且就一首诗的完整性而言，不露痕迹；另外如果说作者"年轻"，文本又时常夹杂古意，文字还颇为老气。这给我对方严的阅读带来了好奇。其实，方严是男是女不重要，年龄大小也不重要，重要的是认认真真在写诗，尽管有些诗还并不完美。所以说，对于一首诗带给我们的感受从文本出发最为可靠，就诗论诗，不必牵强附会，对诗所有的牵强附会，都是自己给自己留下的笑柄。

现在爱情诗写作似乎越来越少，好的爱情诗更是凤毛麟角，呼唤好的爱情诗，也应该是中国诗歌的期待。《十月》杂志这几年为呼吁爱情诗的复苏做了努力，与丽江人民政府联手打造"爱情诗"，让爱情诗理直气壮登上大雅之堂，这是善举。一个和谐的社会，一个人民追求美好生活的时代，爱情诗需要健康、自由地生长，不可或缺。"想念你的笑脸／一张纸、一支笔、一盏淡酒，爱意不减／暗夜时刻，闭上双眼，交出内心的火焰和泪水"，此种情感每个人都有，有爱就大声说出来，"为爱而歌，静候你从远方奔来！"

我也期待，方严在《忽然安澜》之后，写出更多更好的爱情诗。

是为序。

2020 年 10 月 27 日于成都没名堂

目录

CONTENTS

第二辑 / 情系枌榆

第三辑 / 植景颂歌

Chapter 1

恋
恋
之
心

忽
然
安
澜
HU RAN AN LAN

1. 葫芦丝恋歌

当你真正地爱上一个人

这霞光灿烂、这情不自禁的凝望

这天籁之音——都是她来过的见证

当失恋的泉水饮得我一醉难醒

听到葫芦丝的声响

有如透过月光与她相望

她给我的心以安慰

一想起就怀念

怀念令我心悦的情和她芬芳的名字

怀念向阳的云朵下难以释怀的笑脸

忘不了在神奇的热土之上种种温情

忘不了那夜与她同游之后相依之恋

我需要你，正如跟着河水流去的游鱼

需要无拘无束的呼吸，吐露不为人知的烦恼

需要她成为梦中洁白的新娘，需要内心的惊喜

想了无数日，今夜我满怀热情

去跋涉，去等待绿孔雀开屏

在我最思念的地方

从桥上走过，返回溪水、雨林

迎着从葫芦丝音中走来的倩影

伸出双手握住迷人的温柔

寄托我的青春，寄托凤尾竹的爱情

2. 赤 豆

杯是空的，寂寞深深种植在心间

星是黯的，所有的梦都坠落一地

月光装饰了窗棂

你在同样温暖的春夜

装饰了他人激情的人生

我把紊乱如雨的心事与相悖的允诺

在一盏微火里凄楚地揭穿

月光无心，影子无言

捧起一把艳红如火的赤豆

用手掌轻柔，双眸转红，泪洒衣衫

以我相思的哀愁与清水，煮豆疗饥

赤豆在颤动的火苗上翻腾，心内陡生激荡

带着情愫的寂寞，频频凝望

锅底，熬成严重的血伤

请收下我因痛决堤的眼泪

与缠绵成糊的赤豆，凝结成古丽的相思曲

与夜夜期盼的爱慕，滑落出一行行忘情泪

温暖又馨香的赤豆泥

让思念浸润在凉如秋水的月光里

3. 西 街

小城，因华灯牵连了天涯的寂寞

因柔缓的旋律、舞动我眼神的倩影

而令我心生欢喜

令淡泊的心情常存　一种牵挂

怀着满腔的期盼与怀念

沿着枫叶飘红的街道低首而行

情感如火般烙入永久的回忆

夕阳西沉，街市向晚

每双脚如海洋里奔波觅食的游鱼

横渡逾山越谷的相逢

横渡情侣低柔而愉悦的对答

当沸腾的人群藏匿了我无法落墨的情诗

当悠扬的旋律掩盖了你如铃琅琅的笑语喧声

在如此温馨的夜，在吹来南风的西街

在明洁的光辉里

静候你从远方奔来，袭一怀温柔

4. 仓央嘉措

布达拉宫独点亮那一盏温暖

殿堂之上　势必有梵音入梦

势必有欲说却无从说破的情感与酸楚

势必站着一个对佛执珠的情僧

酥油灯温暖不了以心裁剪的情爱

酥油茶挽留不了执意远去的真情

流水在暗夜走远，雪野在婆娑中变轻

灵童转世，灯盏如昼处冰霜一世

经声迟缓，摇转经筒时落满苦衷

笑声超度山水，跣足踏起一生的因缘

听琴知心在青海湖，爱而不得在青海湖

我在阳光下　升起祈福宝幡

默然欣赏你在殿堂用思念冶炼的情诗

默然欣赏天边那淡淡徘徊的温情

5. 我　们

誓言，在路旁的树梢高挂

握起你的手，搂住发的清芬

带着月亮反光的雪姿，肩并肩走过

我关注你已久

走过这座城门，与你风雨共存

虫鸟剪了啾啾，从空荡的街道到寂寞的小路

由断桥远望比远方更远的温存

再无泪水，吻是狂热的，我们是幸福的

你坐在我的王位之上，我将自己交付你一生

6. 爱在星夜

暮色渐浓，风摆杨柳

丢下酒壶带着微醉拥身户外

融进自然山水的册页

回到五谷的琴键

指尖蘸着似雪的月光

以秸秆为弦

悠弹出绚丽的琴音

留下我的欢快、忧伤

漫步在轻柔的风中

念想着今生的爱人

用多情之诗来描述带着甜味的回忆

让相思肆意散落在夜空

填满生活的空白

当星光照亮手中的秸秆

我必能卸下疲惫

拧干过往的风雨

把画过的山水、想着的故乡、恋着的姑娘

看成最亮的星

装进心底、爱满一生

7. 醉

我难免有些不可觉察的深情，许是你的缘故

十七岁时的含笑和颊上浅浅的羞红被唤醒

你的低语如同转辙的辘轳

汲取我心底抑制多年的真情

此际恋情如醉，你原是消除我满腔愁恨的红酒杯

把盏吟风，盏盏喝尽，令我的双眼流出苦泪

我便搂着贴近的肢体醉了，醉在星子疏落的夜里

醉在灵泉汩汩的眸底，醉在你不休的娇嗔里

醉在凝香的皓腕旁、至美的誓言里

你说不许我再写尽人世的伤与悲、离与忧

你说要用深院里开放的花朵遮蔽清冷的月光

你说要用一排排斜依的相思树

不闻马嘶的沧海之滨把我紧锁

用遍布红焰的星云、玲珑的雕花小楼

月下回转的幽姿、依依晚风中的妩媚把我吸引

裙衣飘飘，秀发翩翩，桂瓣从你的唇边飘落

你不管不顾，只专心用你的纤指在星辰颤抖的深夜

以黑柔的发丝把我捆在你窗前的烛光里

从此以后，我便忘了几多爱恋的风暴

随引路的流萤，栖落在垂落薄纱的沧海之畔

沉醉在你的十七岁

我如风，你如烟

遥想月楼高台上的笙箫，在夜的绝色里隐隐入醉

8. 流　年

芦花在月下轻舞，风霜沾湿薄衫

笛韵悠扬，流水推拥着来去的画船

思念如雨，敲落在约定之地

他顿笔在古老的石桥、西湖的周围

遥望一堤锦带、一树花影

走近惺忪的鬓发，走近修长的裙摆

走进她盈盈的眸里，走进她心底

往事，已被参差的楼宇掩盖

太重太沉的心愿，在太薄太脆弱的梦里

无奈地覆灭

纵能留下千古遐思的史话

映影在雪后的断桥

素雅的图卷在案

身影残缺，幽乐不复

在似水的流年里

委身松墨，道出幽怨，情愫难解

心在弥漫的霜风中爬满青苔

9. 面对一朵海棠花

雨落沉沉，海棠咽下透明的泪水
肠断而歌苦，窗后的瘦影因我惆怅
情话的字粒，卡在咽喉，化为轻咳
六杯酒后，呕吐出梦碎的悲与忧
泪水成诗，写成花容挂在枝头绽放亮彩
许她每年可采几朵楚楚有致的粉红

雨后天晴，霓虹灿丽，时光有序
人影含窗，笛音萦绕，漫溢梦中的蓝
风吹野花倾覆、青草繁绕，一树粉红
阳光映进她瞳孔，让我动情地回首
粉花与翠叶、斑斓的枝影，纷纭交错
海棠摇曳娇羞，暗香浸染衣袖

我擦净每一朵花瓣上的行行凝露

衬着阳光，道出每夜相思的熬煮

许海棠一树绚烂，许她一生幸福

10. 仙女湖旁的爱

我不惧鬓角种雪，不挠地追随情深不渝的你
流水追奏我们的情重，歌者唱诵昔日的美丽
苦痛纠缠我们的故事，世俗拒绝我们的相依
如果希冀是一种半深切半疯狂的熊熊燃烧
使我焦灼的灵魂在幽微的角落只剩空白
我不惧归诸寒秋的叹息，珍爱清澈似水的你
当泪水涌上眼眶，我期盼光明突现的奇迹
只求来生，唯你的容颜显现在心底
众生之间，唯你的温暖贴附在我的手里

自你化羽涅槃飞走后，时间把沙尘凝成石头
我在仙女湖旁行走，你从夜空送来洁白的问候
眼睛闭上就可以看见你的笑脸

扪心就可以接近你内心的欢喜

一阵风，碰翻空气中的花香，碰翻我的记忆

一盏灯，是你令我流连的温暖

一只猫，替你给我的躯体三分挂牵

你的背影，紧促我渴盼那看不见的来世

你的爱了如鱼刺，静静地，卡住我的今生

恋爱如月，有满有缺，也如你我的相爱

11. 线

窗外的昏黄光线从房门斜入，涌向桌椅

我没有嘹亮的嗓子叩响高山流水供我歌唱

也无法踮脚旋转出热烈的旋涡供我舞蹈

拧亮桌灯，取出一支笔、一张纸

纸上写满阴晴圆缺，笔未泄露心内的秘密

当你走出人潮起落的街道，当你的眉目笑语

成为我心内的饥渴，当我想你的时候

多想跨越风浪挫折将你守护

无法靠近你时

路远迢迢却拦不住岁月里不舍减去的思念

窗外有雨，清风横吹

我不关心雨水轻弹，不关心露水转白

只在白纸上摁下一个圆点

心里揣着山水、白云

依着倔强的记忆片段画出直线、曲线

在不规则的路途，自西向东

享受着它的无限，想念你的笑脸

一张纸、一支笔、一盏淡酒，爱意不减

暗夜时刻，闭上双眼，交出内心的火焰和泪水

乘着这条线驶向你四季浪漫的城市花园

12. 三生石

上一世，把疼痛烧成气息奄奄的文字

下一世，携手同行，弃往事如烟

一纸痴昧的情书藏在欲言又止的雪里

仰首环顾今生今世的悲欢离合

穿山过水、穿州过县，叩问生之无常

我握的是前生的期盼，是等候你的信念

人生如曲，我在曲中行旅

你存在于绚丽多姿的世界，存在于玄微的尘网

羞涩含笑向着晴空，映影在我的眸里

却不知在何处开始与你携手

也不知在何处等你轻盈奔放

托付我无数的语句，船帆一样沉浮的余生

在何处恋情最妙？在何处交错最好？

13. 彼岸花

让你甜的，叫朵朵锦簇

在花园苗圃中浅浅喜悦，诱人信手为伴

让你涩的，叫无人认领的离花

在沟旁道边，在山野丛林里，风晒雨淋

是失恋潦倒后的余韵，是盟誓作废的断肠

守在一泓清冷的水畔，抑或极度苍凉的弃地

饮下最后一滴清亮而透明的泪水

神迷一场逐日褪色的美梦

彼岸鲜艳，彤云以干净的手法在丛林里描绘

不成字的相思，不成句的热盼

细柳如烟，莺花烂漫。风轻云淡，坡壁上

美丽的誓言静卧。倾心的相遇

彷徨凄楚的故事，在真假里翻飞的传闻

前世今生的盼望，都与花叶错置的妖娆有关

彼岸花，花与叶两相欢的沉寂

寄寓了无数次的永不相见、乱世恩仇

如血，似火；适合寂寞，适合分手

遗落，淡忘；在三途河畔，红于梦碎

在温暖的春夜，在无涯弃地，存放人世的秘密

以温柔的语调，在尽头起舞、接引

14. 西海情歌

为何等待与寻找是我这一生的主题？

为何欢愉是那样的短暂匆促？

为何我的眼中流出了酸涩的滋味？

你在多风多雪处转身

你在比绝望还要宽阔的北方

把疲惫的身影移入我的梦里

想你如雪也如透红的血

深夜的风是一支重音口琴，令月光战栗

你晴朗的微笑，在冰雪的牧场，任风扯面

当漫天尘沙，垢你的发，浊你的脸

你安能笑容无羔？

是否已叩击你崎岖的内心？

当琴声呜咽，夜空静谧

高原依旧矗立，雪堆遍布山峰

是什么让你沉迷于这荒蛮之美？

是什么让你甘心被寒风酷雪刺中心脏？

你那瘦弱的身体，常被我在南方吟哦、思念

剩下的夜，继续吹奏的风，西海苍茫

倘若经受不住，便出离西海，与我沿柳南下

共沐风雨，死生共约

15. 芦荻情

假如我用芦根写诗，请以飘飞的云絮来读

霜华在苇叶上留痕，劲风溯游河流

阳光的金线裸露着欢欣而降

过荒野，越山沟，洒满我们的村庄

草木犹醉，温润如初

我在夕阳陨落之前飘然来访

在低语的清溪凌厉而过

不必追问我是谁的归人

不必询问我为何要穿行那摇动的芦苇

我只为寻遍珍贵的秋情与亲爱的姑娘

共同捕捉那无限的幸福

掠开那些嶙峋、陡峭

太阳映红了水波，也炙烤了我这满满的情怀

我在最南的横轴，愿她早日贴合我辽阔的胸膛

秋风招招，芦苇发出返乡的呼唤
照影于湖滨，醉心于满湖动人的粼粼
眉眼在我的心底雕刻
我逆流而上追溯摄入柔波的丽影
我顺流而下找寻沉淀在河畔的彩虹之梦
一潭烟水漫漫，看她把卷临风
我沉思迟迟，望白露未晞
盼我青丝未华染，清澈如故
盼她吹笙当月出，青睐秋韵幸福

16. 心向大海

你背向沙岸仰望水洗般美丽的天空

海风撩拨着长裙上绣着的蝴蝶

坚定守着海岛

斟酌大海湛蓝的诗篇

风绕海角，送来清风如美酒的香薰

风吹天涯，吹出椰树遮阴爽透心窝的蔚蓝

大海看得见你的坚韧

海水映衬着你思绪的活力

岁月诉说着精彩

歌从海蓝来

我在策马追月的草原和歌驰骋

远眺天涯之处荡漾的烟波

渴想能够抵达

与你靠着椰树拥抱

相诉长久离别之思

畅谈你我心之所向

定接你从天涯到草原种植幸福

信马由缰，共同经营不一样的草原青浪

17. 舞 蹈

在月的慧眸里运步

在两棵孪生的树影中旋转

隔着无关的尘世，在地板的掌上

蹬音格外清晰，如此沉重

一步一步从等待的泪眼里走出

踏着的是一根根软化的骨头

坚信第一个执念，身迎第一场雪

哪怕风猛叩额头。在月光底下

一隅芷草旁，音声已远

含笑的脸在众人的惜惜声中

踩着蟋蟀的鼓点，翩翩起舞

18. 水 与 茶

如果我是滚沸的开水

你是为了友谊而存世的清茶

那么你的清香孤傲、甜淡如风、翠绿如爱

你的回味绵长、形态文雅

必然依赖我那一颗跌宕涅槃之心

依赖我那沉静依然的平实魅力

我且送你七分满的沸点与欢腾

三分不落喧嚣的风华

窗外竹林绕绿，清花含苞

案头小灯鹅黄，伊人手温如春

你借我的热情使芽叶干皱的你

在蒸腾的氤氲里，舒展出柔和的青绿

灵动又聪慧，激烈又纯真

我们必须在大火烈焰的灼烧后
共同感受高温带来的痛与乐
彼此才可交融互鉴，耳鬓厮磨

一缕清风来访，禅乐在耳际萦绕
薄云小雨，你我在茶盏里情高意真
悠然心会，杯壶中与你缠结
不管你是怎样的缥缈、无声中沉落
还是随着沸水而沉浮历练
你终将在欢乐之余，缥缈之中
亲近于我，以爱而依归

茶香清幽，你苦，如人生，人生亦若你
在水深火热里引人追索，引人体味感悟
你以清心的苦味，适意我心
那翠玉般的茶色，苦味纯浓，睿智醇厚
将是我人生中的唯一印合，灵魂的伴侣

19. 一 剪 梅

风与雪冷冷对目，天地苍茫
一朵微笑，依稀从远处飘来
暖暖的眼波，瘦瘦且执拗
春天在你的心底

冷冷的雪，晶莹的光
浪漫在你的眸里
穿风过雪，瞥过老松的鬓边
酿蜜的金阳从冰雪的覆盖中
潇洒一蹿，溜进你的裙摆
梅朵顶立于雪，冷冷中往绝处酌诗
梅开你心，你居我心。爱得逍遥
无怨无悔，此情留心

20. 楼　兰

月亮的光芒插满你如缎的长发

泪水沿着你咏叹的路径轻轻滑落

如穿过你我青春的倒影

驼铃隐隐，火焰让我们温柔的心

在漫漫寂寞里跳动，在蓝绒的夜幕里永生

明丽清秀的水，为我们保留了几钱月光

灵动又鸣响的山，为我们抵御了豪阔风沙

风中遗留的絮语，是把楼兰唱醉的歌谣

是你一喊我就脸红的幸福

当我们穿越丛红的柽柳

在荒原之上，在繁华的尘世，笑脸从容

把心底的欢喜，下满枯黄的大漠

今夜我们在西北除了抒情

还要听楼兰新娘凄凄的彻骨苍凉

趁沙漠深处的楼兰还没有拉下闸门

骑上沐浴完毕的烈马，携带纷繁的故事

结束漫长的暗夜，拥戴随后的初升暖阳

21. 欲 雨

我独握一只空酒杯

逃逸的双眼，屈从日渐干瘦的沉默

燥热的身影，在时间的锋刃上瑟缩

疑为潜伏了一季的烈风，凌乱了我的头发

暴躁出似血肉模糊的泪水

锐利的旋律，一唱再唱

苦情在酒吧里来回摆渡

酒后走笔，潇洒里搅散恋爱的片段

语词在蓝色的纸上辗转，在挽歌里落地

从空酒杯的玻璃肚里望过去

流窜的清霜，与天决绝的闪电

揭开事情的真相

一场辽阔的，无心无欲的雨

砸开无数男女的宿命

落，落，落，再分散

22. 回 念

当泪水反射出一闪即逝的脸庞

回念枝上放出的甜美花香

回念月落半壁的冰霜

回念窗下摇曳的烛光

回念她失落的烂漫、如同鲜花般的笑容模样

回念一眼，把一朵花，把我的爱人

从喧嚣的都市，从静谧的楼丛亭阁

忙乱地放在我的字里行间

将回念的一朵花瓣，存盘去心海

23. 盼　爱

曾经拥有的爱如浪卷被水流带走

泪水不再，希望仍充盈着生活

窗外星辰零落

捏针起落，又绣出欲语的流水、铺锦的云朵

月华划过窗花，一灯一线一盏微火

杯盏倒映出流盼的眼波

风的清，月的美，溪的浅

渴盼捧握一束玫瑰的人

重拾长发及腰的缘分

24. 掉落的星

夜已微凉，和你遥望闪烁的星空
你用手轻轻指，那颗星好美
你说，那颗星子像极了可爱的你

星子，在滚滚的黑夜笑着
瞧，竟是如此动人，如你
伶仃，高挂在天上泛着银白
风从地上的林子吹了上来
星子柔软地随风左右摇晃
着了那簌簌的一阵风，落在地上深睡

情系枌榆

忽然安澜
HU RAN AN LAN

1. 芦花雪

芦花雪，下在了故乡的河岸

下在了我留恋的风景地

无边的瑟瑟芦苇

填满了视野，覆盖了你我身影

母亲宽容的安慰

如芦苇纤瘦的筋骨

把我生命中的诗情激发

当朝霞喷薄于东方的天际

我登上高山的巅峰去吟唱

芦苇在风中轻扬

苇叶苍苍，穿过千江万川

如母亲抚摸我那瘦瘦的手掌

此刻，闭上双眼、静听芦花喧响

我走不出你灿烂的微笑

你也始终占据着来自异乡的满满牵肠

此刻，朵朵流云似千匹马儿在天空狂野奔放

芦花雪，在风中轻扬，在水岸守望

在我的梦中渐渐清亮

2. 春晖里的火车

一灯如豆

一线在手

脚踏舒适的鞋

身穿温暖的袄

串起游子永恒的念

那车站售票的窗口

是慈母穿线的针眼

春晖里出站的火车已疾射

原野里的景因伤感而后退

踏上征程的我因思念频频低眉

火车疾走

载不走我乡音难改的方言

载不走我岚夜哼唱的童谣

载不走临行的牵挂和门前的一帘山水

3. 宣　纸

蘸墨练笔，墨上宣纸

在宣纸上叙述那梦幻撩人的春色

心却念着你的温暖，如堂前的炉火

宣纸，牵引着我们的远梦

通过浓情墨色与你心心相连

集聚出那天我们的依恋

祈愿我们永不分开

祈愿暴风雨永不会来

在宣纸上留白，它给你风牧养的雪

在宣纸上抹黑，它给你发如瀑的悬

给它清晨第一道阳光，它给你四季花开

假若明日你收到我这开在宣纸上的桃花

忽然
安澜

希望你走在追逐阳光的旅途

洗去的是尘土，迎接的是一路芬芳

4. 杏村十里

微温的风　拥歌春岸

杏花在情与爱的流年里

绽放梦中所期的绚烂

在爱恋的某一情节中

一仰十里芬芳

徜徉杏林如临花海仙境

伊自婷婷

几许笑容缠结两寸温柔

昭明与否？杜牧与否？

杏村十里　柳浪莺啼

失了伊在三月泠泠雨底

泪珠在眼眶中闪

爱与暖也瘦成船去的一道水纹

绝句在江湖中伴随杏花飘散

5. 麦　田

夕阳的魂在水中静静地流淌

跑瘦的风抖擞着羞涩的果

家乡在用一种特殊的嗓音唤我

领我穿过老态龙钟的房屋

眼前是无垠的金黄麦田

他们披风映日朝我灿烂微笑

我被这种炽热的金黄打晕

这暴烈的燃烧　如此阔大的阵势

犹似我曾许下读尽人世烟火的誓言

光灿而丰韵的麦田　是被我遗忘了的乡情

我随摊开的阳光　在故乡的麦田中游走

忽然安澜

缠绵的注视后　我将踏上远方的火车
我可取走的是那一弯镰刀挥去的麦穗
我取不走的是这一抔沉甸甸的黄土

6. 春游浮山寺

撑伞躲过浓烈阳光的洗礼

轻软的脚步踏踩褐色的石阶

我游走在花香溢满春天的幽境中

流水与岩石淋淋相扣

清清的笛音

漫出寺院，穿过金阳，嵌入碧空

抓住我的耳朵

风吹过，山岭的阡陌在花香中打坐入定

禅院浮在冷翠的松涛中，墙角牵挂着紫藤

飞燕把一季的光艳放满寺院

院内，尘世寂静

庄严之上，沉淀觉者的淡泊安宁

院外，万物皆动

浮山之下，叠加春天的明丽盎然

7. 山水诗韵

黛山坠画，河水酿诗

因诗词寻梦，为善水狂歌

阳光的金波，闪动过石楠的腰肢

一支船桨，拍起翠鸟的喧噪

数枝柳丝，送来和畅的惠风

遐思的女贞，流连春天明亮的韵脚

随流荡的风、穿行泉溪的和弦

攀牵起水遁的酒壶

借主宰幸福的春天、游弋的谪仙

占据巧腕下那瀚墨飘香的绝句

燕尾剪风，杏花飞雪

诞生柔婉的爱，诞生如诗的浪漫
在新枝，在山林洒落芬芳
在幽谷，在人间豪放衣香

流连水花织梦的秋浦河，与幸福为伴
相拥流金溢彩的万重山，和星辉交织
顺乌篷船的故道，吻遍回乡的行程

前方，似有豪放而温情的诗吟
溶溶的柔波里，该是谁的召唤？
哦！它远离我却又接近我
在舒缓的节奏里
摘一朵带笑的杏花，携一壶醉人的美酒
把永远的欢乐、诗的情愫飞荡四方

8. 谪仙捉月

谁的梦向水晶宫阙、兀自弯弯的月芒

谁可拽住李白执意远去的帆影

谁可与你拍掌为盟

保证四季都存风花雪月

谁遗留的诗篇，谁的浪漫

高过你的一曲长歌

或许，将月影溺死在杯里的酒才是你的寄托

或许，民歌遍扫的江水才是你的故乡

或许，只有恻恻转转的跌宕

才是你绝世的风霜

剑气在你手中握成，乱发随风

笑催宫人磨墨，靴落宫人怀

一笑成痴绝。趁赤血未冷

发未添雪，轻舟摇桨远去

把沮丧还给水上的风声

没有歌声的伴唱，就无限扩大满怀的温情

以一个闪念，慨然消化麻木的状态

壶中而天慢，对水自鉴

痴痴仰望诗笙缠结的长安

今秋九州夜夜新霜，江畔金桂吹香雪

众星点闪，万家灯火

月光试图把握整个山林

试图把握弹琴的那双手，起起落落

是你护送深藏的愿望从那里经过

字入纸笺，怀想在山坡飘荡的云影

怀想无路可入的故乡

我折身去你的三江五湖

你可否答我一汪深情

你袅袅如风，去那秀如明镜的秋浦河

我来替你听那婉转哀绝的猿声

尝遍独酌的幽趣

模仿你手扔酒杯的豪迈

模仿你挥毫如舞剑

模仿你一壶酒的开怀

与墙上的影子自白

模仿你登临采石矶

无愧云天花海，无愧岁月

你不甘是我，深爱在乱世

深爱高山的危崖，深爱带着伤痕的记忆

一刹，一念，一阵风

你跃身抓住月亮，如握故人的手

追去激情的江水

醉心地落入梦中拜访的故乡

9. 友情桃花潭

潭水流急，搅拌着映入潭心的云朵、山峦
浪游的箫声自远天排云而来
依白墙青瓦、十里桃花，和着百鸟啾啾
盘绕在诗兴浩荡的桃花潭
谪仙与汪伦在万家酒楼击掌而欢、一醉方休
饱受压抑的诗情，在心底发酵
沿着醉倒的美酒，涌去古玉一般的青弋江

当太阳越过山顶时
他抽离昨夜的酒意，从诗里撑起轻舟
用文字做的弯曲钓钩，咬上山水的秀色
把细腻的友情和桃花酒叠放进腰包
客船离岸，挥袖相送

情意款款，踏歌声声
一首唐诗，把友情唱成了绝响
把桃花潭的秀色与汪伦的望别
紧密地，相缠在历史的画廊

10. 我爱乡野

重返乡间葱绿茂盛的田野

犁耙翻耕，悉心播种

掏空心内的躁动

抛却沸水般滚烫的欲望

与每一朵花

与隐居山野的茶

与大自然结伴

在田野里播出一季收获的希望

乡间飘着的炊烟

行走在枝头的盛夏蝉鸣

引我进入甜美的梦乡

繁星点亮游子漂泊的眼睛

一串串逝去的梦想

在白昼辛勤的劳作之后

卷走昔日的无眠

留下深藏在心海里的爱

汇入无比热爱的院外丛林

待凉风掀落花事

果实在泥土、草尖呢喃逗留

亦让所有的心事在细语间汇入山川河流

11. 仰天堂

灿烂如梦的早晨

在桃花已翻红的时节

沿着书中抒写过的春色

带着拳拳的爱恋

欣赏被秋浦河环抱的玉屏峰

攀爬云烟萦绕的仰天堂

坚信仰望，可以明眸

贴近峰顶，可以净心

登高处野游

一程山水一程歌

从李白诗句的缝隙里

拾起所有花朵沿着山路满坡地撒

阳光仔细地临过原野

看自由飞翔的黄喙黑燕

观河里划动红蹼的野鸭

望披风袅袅爬升的炊烟

满眼都是落在人间的幸福

满心充盈花开盛世的馨甜

仰天堂上流云诵经

仿佛尘世甚远

秋浦河畔，风轻催帆

就是今生彼岸

水一样的江南

是你永远幸福生活的天堂

12. 屯溪老街

常常脑中生景

时时眼神扫描

徜徉街边陶醉

傍着老街的江

一帘遮尽风流的乌篷船

轻摇新安率水，水花掠荡

荡出桃花、驿站、古雅的旧民居

咏唱出青石陌巷、柳影阑珊

形态文雅的"屯绿"，回味绵长的"祁红"

翠香四溢的饼，文人墨客的宝

道出这条街的沉稳深蕴和深藏的典故

历史不断演绎老街的节奏

让人一笑踏亮隔岸的灯火

摇橹江水生香

寻觅在魅力屯溪，诗韵江南

领略时代变迁　繁荣更盛　古风犹存的街巷

摩挲从历史的深处存留的印象

遥想先人为生活肩垂明月，身负行囊

至夜回返，推开依街的房

放下飞翔的累，卸下奔波的忙

13. 清溪垂钓

夕阳依旧，照着他倔强的弓背

掌心搓揉愿望，将酒香卷入鱼饵

无闻靡靡之音，无视满天红霞

轻握一竿、眼中只有水里的鱼

凝视水面，浮漂点动，忽见鱼之品食

星飞电急，抬手起竿。动人的鳞片

在清澈如玉的水镜中闪烁

竿弯线直，叠起枚枚水花。鱼起，水静

鱼落，挣扎。钓者笑容怒放

我与他不远相隔，只寻山访水

不慕获鱼的欢愉——

他寂寞端坐，饮下眼前的一杯酒

独享付出后的甜美

风绘制起一种空旷，分享花朵的馨香

我以健步如飞的步伐，走过前尘的新泥

把流金的大地、繁忙的彩蝶收入囊中

他以长久的忍耐，等待自然的馈赠

在起与放的繁忙里，在粼粼的水湄

鱼桶满满，乐享悠然

14. 杏花村：空长廊

芦花飞白，暮烟寻找乡愁的寓意

夕阳在渐冷的红尘，捧读河川犹在的温暖

趁枫叶犹醉、清酒未凉

倾听寒风的催促，近看一潭粼粼水波

等客，在夕阳西下之前，悄然离去

风把白墙吹凉，留有余温的廊椅，候光阴苍老

前方烟岚漫溢、寒风习习

夕晖之下，此刻清寂，落叶归尘

长廊空荡，承载着太多过往的热情

承载着太多的渴盼与等待

长廊在日升月朔的渴盼与等待中

完成对故乡的注释，时光不老，乡愁不散

15. 禅院雨落·桃花

天光微亮，山鸟从林中浅浅飞起

钟声袅袅，僧人打坐禅院

梵音入云，经声过墙

木鱼声声中山雨淋漓，泥土泛绿

春雨催开的桃花在枝上随风荡漾

在禅院的磁场里参禅悟道

润透迷漫的心灵

花势似彩墨泼出

把红艳刻在木木的寺墙

把山水的深浅环绕在细雨的禅院

桃花灼灼，捧读经卷

用心感受禅院的幽秘和宁静

聆听风铃此起彼落的叮叮和春雨打花的响
闻清淡出篱花香让思绪不乱
在当当回响的钟声里从善如愿

雨落禅院，桃花的心事，将禅房静静填满
花开成佛，安之若素间，点燃一树红尘
合上经卷，走近柳枝绕堤的江岸
钟声撞醒春天，看桃花爬满山头
花间飞舞的蝴蝶，喜结尘间的爱缘

16. 书院桂香

秋凉里出浴的桂花树

暗香盈动，每一个从树下穿梭的人

都嗅到了沁人心脾的花香

桂瓣随风飘落

飘满视野、飘满大地

一如从书院走出的文豪、名士、学子

开枝散叶，遍地芬芳

月光悠长，洒在书院犹如天赐的净水

年年浪涌的桂香

含着掌灯夜读的寒窗学子一生的梦想

人生不过百年

书院的桂却印证了千年中国的翰墨飘香

典籍传袭不止

桂香胜过老酒，未闻先醉

今生有幸坐书院捧卷夜读

相承这古老文明的一脉

17. 打 水 漂

我无法追赶河流的步伐

更无法紧随远去的波涛

我是一块心中有水、眼中有山的沙石

在水墨淋漓的宣纸上，磨砺了半生的光阴

画师抬头看山，提笔作画

我俘获诗意，借助大自然这把美工刀

把自己磨出一身的圆滑，且最薄最扁

渴盼扬手释出，掠过水面

画圈圈涟漪，展优美身姿

而你，把我紧握在手心，迟迟不放

掂量反复，害怕我身太沉

波浪大兴，仰天极目

抬手而收回，收回复抬手

眼望对岸，忽然弯腰，把我对准水面

我一如弹片，也如贴水而过的飞燕

在水面溅起成功的微笑

18. 乡　愁

星子一颗一颗地闪起来

我抬起脚步匆匆告别

手儿上拿着薄薄的票根

这票根隔断了我与母亲的距离

母亲在岸看我　我在船上看母亲

船儿在河水走　母亲的眼在岸上拉着我

远方的岸已漂远　但我的心不曾远飘他乡

风依旧是风　绕我耳畔嘶鸣

我的肩头载不动一座城池的重量

相思千起的江水　是我切切的乡愁

取一手黄土　捧一杯珍藏多年的酒

用坚定不移的眷恋记挂下游的岸头

19. 芦　苇

深秋所至，猩猩红叶片片含血

伊人不来，瑟瑟芦花愁白了头

这被人遗忘了的热爱啊

在荒芜的四野上

目送匆匆行人远去他路

风起时，雨坠了，雷愤怒地咆哮

眼前的这一片芦苇啊

却总能以微笑的方式守望

守望这泛着光影的河流

努力地绽出潇洒的花朵

在水一方的你随风起舞

与碧绿的湖水交相辉映

在风中摇落一个秋天的温柔

在苍苍世间捧出一个炽热的信仰

等行人游走异乡时一个亲切的微笑

把千里之外的家乡，摇晃，摇晃

摇晃进今夜的梦乡

20. 秋韵化城寺

梦如落花纷纷飘散，有些垂落在
僧伽的背脊上。木鱼喋喋，烛火煌煌
着一袭空寂的袈裟，低声喃喃
在单调如水的日子里，坚守理想的缄默
钟声袅袅，越过尘世，掠过风月的背面
经卷无言，只悄然伏案。寺院的花
寂落在土里，院落之外
树在抱它仅存的硕果

21. 流　水

你用一生的漂泊，搅动起干涸的河床

在传递爱与关怀之前，坐望云窗

当蛮悍的墨色与风的虎威相向

你走下云的纱帕，走入馨香的红尘

从偶然翻开的书卷中，坠去静默的风景

柔弱的它，如玉般光洁

羞赧地蜷缩在山川、旷野

摆过两岸的柳色新新，轻轻落入我的掌心

随后散成泡沫

雨滴落崇山峻岭，如我提笔盈泪

狂草过尘世、万物，与天下众水相会

与诗人融为一体

只因一个简单而纯粹的愿望

一身清亮，注入沟渠、清冷的水涧

寻寻觅觅，交汇、分离，不知疲倦

一路蹒跚，征服屹立的卵石

推开山岳的窗户，便是蓝莹莹的海洋

在阳光的照射下，映绿草木，滋润我心

22. 清　明

昨夜风骤

摇落一地的春

清晨的小雨

滴在我的睫毛上

滴翠了爷爷奶奶住的青山

滴醒了怀念外公外婆的梦

又是一年清明季

走向长廊短亭

推开草丛

草儿抽出了新绿

我抽出了思念

趁春天还未去

小雨还未歇

走向吐出絮语的绿柳
走向勾起我思念的山头
插上一束春花
留下牵挂的印记
留下心中永远的思念

23. 走在绿树夹岸的河边

走在绿意复诗意的河边

被山水宠爱的我

看晓雾缠绵山岳心头的那一阕柔肠

萦绕了斑斓的山色，撩动了我素白的纸笺

河水边，静赏鱼跃琴弦

秀山旁，构思绮丽画卷

走在敢与诗人同宗的河边

丽日簇拥，碧波荡漾

无愧风轻云淡，无愧柳新花艳

水车旋转，水色云身

抚摸了涧草的心结与卵石的从容

心随水流逝，遍走了人间的诗情与恩怨

走在绿树夹岸的河边

芬芳的心遇上另一半皎洁

鸥鹭相伴，一路阳光，一路悠闲

恒久的情爱，如河水怒放连连

宽厚的相爱，能并拢美善，此生不厌

水花追赶水花，快乐覆盖欢乐

愿今生明亮欢快，慢慢向前

24. 月落池城所想

月光洒满旷野

洒满心田、洒满我的童年

这犹如下在秋天的盛雪啊

洒落我刻骨的思念

生于九〇后的我

前半段是你一个愚钝的过客

是你用日新月异的风姿

陪我度过欢乐与愁眠

犹记得学校操场的跑，洁白杏花的恋

为人师者的宽宥，亲朋们纯良的宽抚

犹如皎洁的月光，照亮敏感彷徨的青葱少年

依在清溪河畔

看灯、赏月、观景、望塔

静美的小城犹潺潺的溪流洗我躁动的心扉

如今的桂花，又从秋里酿出

溢满城巷的馨香

指触、鼻嗅，令我心静

是挥下水墨，抒发我的爱意

如同月光照耀

紧贴大地之心

25. 小 山 村

山风引路，炊烟如雾，红柿挂枝

左依起伏的河流，右傍金黄的稻穗

片片红叶扭动秋色的窈窕

那是我缝在诗里，挂在心中

蓝天映溪、青峰绿野的小山村

山村遥望云绕的青峰，近邻清澈如镜的小溪

仍存有牧童放牧一座山的爽气

仍存有诗人刻画一片水的灵趣

仍存有离乡游子的几多浮沉

几度沧桑。当院门半壁挂霜，当泪水湿浊衣裳

归人含满思乡的情，静想桂影满院、笛声悠然

端坐旧堂，此时却是眼底有溪，心上有山

家乡的村庄，永远是被乡愁俘获的片段

第三辑

植景颂歌

第三辑

Chapter 3

忽然安澜
HU RAN AN LAN

1. 当 归

思归难收，正是归时，为何不归
流水被青草染色，在峡谷中涨落
杜鹃在春序中如期吐艳、亮色绚丽
青鸟飞越水田、寄你一份最重的手书

我把船泊在朦胧的渡口，将执拗的幻想
浓缩进彼岸的泥土
盼归的歌声四起，沸热了黄河与长江
回来吧！回到你最初安然入梦的摇篮
水映蓝天，驻足观望乡间的趣事
不要等思乡成为内伤，不要等雪满鬓发
你为红尘的过客，我俯就日光
安做身轻气香的当归

2. 瓷

收藏几簇淡烟

收藏云似的梨白

也收藏沉静在岁月里记忆的繁华

窈窕明媚的一枕瓷梦

除了玲珑圆润

还包括半开的花窗

河流般的神笔素绘

飘逸迷楼的青鬣

充满趣味的水袖舒卷

和穿越历史的迷蒙

无论博物馆里绚烂釉质淳厚官瓷

深藏在老城深处的敦厚朴素民瓷

精美绝伦裂纹又散落大地的碎片

都展示着一梦到天边的邃蓝心情

经历过漫长黑夜和改朝换代的变革

一朵青花

浴火的记忆制造出无数的快乐

不管赝品还是真迹

细腻瓷器的留白处

都勾勒出依恋雕花小窗的雅韵

让人心内欢跃，沉默飘逸

3. 腊　八

腊八如期而至　梅树开花

梅的暗香让人想起又忘记

流光如水　雪拥墙砖　天寒地冻

这一天是喧嚷时代的一记梦痕

与不紧不慢的岁月、躲过惊涛骇浪的昨日

加进爱和太阳的明日没有区别

雪映之下，没有缱绻的歌，没有临别的话语

我在风中时而一抖，模仿一个低头的思索者

闻着糯米、红豆、花生、红枣的香气

体味着冬日的温暖，凝眸窗前至纯至洁的寒梅

雪落无声，热粥暖心，我选择以酒温诗

答谢普通的傍晚，答谢风中雪起的腊八

4. 漂　流

皮艇入水，山溪欢叫

笑声萦绕夏风打桨的峡谷

迂回、颠簸

碎裂的浪花

碰撞掉陌生而疏离的城市飘忽的心思

碰撞出浪花投下的清凉和游子牵肠挂肚的乡愁

撩动了在水波上缠绕的恋人柔发

山水凝碧，闪烁的阳光相扣绰约的花朵

顺流而下，轻触润泽儿女情痴的水流

以桂木船桨的力度，沁入灵秀的山间

以不倦不懈的手掌，抚摸帘上所镌的竹

忽然安澜

有如皮艇滑过涧草的软

从美丽的夏天一撑而过

5. 木棉花开

一场霏霏的清明雨后

满街的红棉散发出甜蜜的味道

倾注唐诗宋词的豪兴

燃烧着这烂漫的季节

迎接着春天，绽放爱情的光芒

享受着笔端那精巧字句的赞美

朵朵的笑靥，顺一条小溪泅游

沿着纵横的阡陌，回溯城区的南北

游入她炙热的手掌，俯身替他挽留

以毕生的热情，落在枕边祝她好梦

木棉暖红，热情地迎接大地的春光

被风打落地面，仍风姿铮铮

花开花落的细节，便是暖暖的爱

6. 海　鸥

趁着斜雨，迎风飞翔

掠过摇曳的三角梅、旋风的礁石

勇敢地驱驰海浪

飞向它的云、它的天、它的梦想

白羽，在海之角潇洒地翻飞

执着的身影啊

闯向前程暴动的风浪

划破乌云的灵魂

从不逃避奏响天空的闪电

狂响的浪花，赞美你的坚强

激越的奋翅，是为生命的呼唤

风过雨住

愿你沐浴平和的阳光

永享大海的蔚蓝

7. 蟋 蟀

八月打枣季，蟋蟀跳入我的院子
它的善鸣，时起时歇
夜夜流窜在庭前的花木、门外的回廊
跳过对望长街的窗口、落去厨房
绕行扶墙而立的白醋、黄酒、蜜罐
纤纤的触须，牵动着童年里美丽的记忆
透过月光，辨认蟋蟀或许是上季离去的那一只

那串串的音节，悠游对影成景的湖水山峦
传述雨后的新绿、红尘的哀愁
传述半遮深情的《古诗十九首》
传述自然诗派的旷达浪漫
传述诗人在挣扎中写意的愁思

年复一年，蟋蟀依旧，平仄押韵

你在窗内窗外声浪阵阵、豪阔一场天籁

我在屋内欣赏八月所制的骈俪诗文

8. 昙 花

如瘦长的少年，苦苦地久望

那诱人而无从把握的绚烂

风，催促着书页快速地跳动

它在惑人的夜色，竟神迹似的绽放

瓣瓣的白艳，在无知的风险中

心念旧恩，无私地奉还

它，在亢奋中纠结，在黑黑的深夜

爱着窸窣之歌，爱着熟悉的丰饶之乡

不着一丝烟火的昙花

在巧手浇水间，偿愿了一刹那的开放

宿命的战栗，昙花绚烂

温暖已留心，趁天未明，飞花去深山

9. 放 生 池

阳光畅行，鱼水从容

一身清澈，与迁缓的乐音和弦

绕着清风、竹笛的轨迹

在听不懂的颂美声中，来回游动

鼓一声，木鱼一声，钟复一声

鱼儿跃身于水，发声吐寂寞

我默立止息扰攘的放生池

读懂了游于清寒、厌于一池的鱼儿

可以清亮一世，可以在静定中修行

却不能在春天的快绿中自由迁徙

每一个放生池

都不可抑制顾盼人间的惦念

10. 青　竹

　　没有桂瓣的芬芳，没有梅朵的幽香

　　山静月明，清风在怀

　　南窗轻睡时，宜风又宜雨

　　入板桥画里与墨痕相依

　　沿着节节相复的坚持，不事喧嚣的从容

　　在寂冷的长廊外，神韵满溢

　　风来，竹翩翩于星月的清辉下

　　风停，竹身在匀净的清幽处

　　朗诵至爱的诗句

11. 乌 篷 船

月光轻拢乌篷船

我端起水乡的甜酒一饮落喉

躺在暖暖的水乡摇篮

眯眼笑看醉了一河的繁星

划桨传情，点缀了水乡的诗韵

摇橹起潮，摇碎了连天的云烟

今宵月圆，笛声轻绕

犁开波浪的船娘，惊艳了岁月

幸福的笑脸，充满水声的双眸

在柔情如海深的江南

晕开圈圈切切的涟漪

12. 伶 人

红粉乱世，从不能描摹的痛苦中开始

她穿上云和水，穿上自己的行头

涂上粉墨，水袖掸拨，今夜寂寞辽阔

在别人的故事里忍住百感交集的泪水

不能描摹的痛苦从彷徨孤独开始

不能描摹的痛苦从回头皆幻景开始

不能描摹的痛苦从无尽的歌吟开始

牵挂着明月泊屋檐、梨花如覆雪

揪心因思念而蒙眬的泪眼

酒痕在衣，戏以心来和，曲以情来磨

锣鼓若干，朝夕不断

衣裙藏云影，浅浅地喜，静静地爱

清喉道昆曲，幽幽地唱，曼曼地舞

脱下水钻头面，脱下全身闪烁的衣翠

脱下描金绘粉，纤纤舞腰迷醉世人

一朵笑脸，和着莲步踏过无数失落的薄影

是城巷少年苦苦寻求的绝色

霓裳曳地，环佩琅琅，掠开月光的碎冰

她微微俯身下拜，令他脸颊布满欢喜

"不等来世再相约，今生以爱相和"

13. 晨 露

大地苏醒，天空光明无限

微风吹拂，树叶亮绿

露珠收集了每一微星辰的闪熠

把每一卷梦想，都揉进阳光的明媚

当听到鸟声的清越，以光旋转的角度

把花瓣的鲜容、空气的清新、草叶的润姿

缓缓放入春天的山峦

无法向你表述夜夜等候的悲忧

恍然，泪水疏落

迸发酸涩的悸动

在流动的云朵之下，豪笑在花瓣上

光照山林，遍野的露珠，抽出所有的亮

蕴含着奇迹，荡漾着草尖的绿波

14. 白 百 合

百合的白

如素练织成的丝绸

如冬季应声而落的瑞雪

亦如稿纸未填时的空

稿纸在书桌苍白了一夜

翌日采一瓣百合

轻轻放入

把未曾经历的、心海里渴盼的

命运之途的虚无补上

凝视沉静纯洁的白

仿佛心里有了许多芬芳

于是坐定冥想

人生都是从纯白开始

再长的路都能到达彼岸

我将百合种入泥土

静静等待花的开放

15. 向 日 葵

我在晨曦的岑寂中靠近碧草松开的清香
爱上了碧绿的草地种下了你
期待着你积蓄泥土与阳光的营养
盛放出花盘如金的纯粹

天空湛蓝，原野之美，人间宽阔不提伤情
不落笔墨的露珠给你圆满，破芽、出绿
白昼赐予阳光摇晃在你的肩头，陪你成长
月季的温香、一路落下的星光都来伴你
燃烧着金黄之色的、被岁月颠簸过的梦想
燃烧着从青春里延绵而过的激情
多么醉心的风景，多么茂盛如画啊
你汲取人间的美好，牵出踉踉跄跄的阳光

你金色的花瓣紧紧围抱着圆满的花盘

朵朵的向日葵，尽是火热的梦想

盛放出恣意的花香，牵出童真的梦幻

16. 梦　屋

软柔沙滩，洒落的晚霞已半床

海鸥张开双翅，迎暖暖的海风习扬

推倒海的丰躯，拥吻无垠的港岸

浪花拍暗礁，碎裂成浪漫的海誓山盟

我借迪士尼乐园那最美丽的光线

欲登红色双层巴士，畅行欢乐城堡

把我们的故事送入每一所"梦屋"

钟楼的指针挑起了向晚的序曲

爵士乐在风中打着滚

唱针不停，电车不留

受寒的身体，在沉闷的故事里植入异乡

梦见南部的水田，梦见花开的香径

今年我依然充当陌生客，堵塞在地铁站

埋头在海潮的泻落间

在小小梦屋，等待雁阵返回

等待你的归来

17. 布谷的倾诉

在没有成为望帝的化身之前

眼底未有熬得鲜红的血丝

在没有成为爱的象征之前

黎明前的黑暗里

梦见空中声声啼叫的杜宇

嘀咕嘀咕，布谷布谷

——那是谁因为泅不上堤岸而碎断了心肠？

在沙哑的歌喉中惊醒

那是他渴盼的心音

至诚的鲜血沿胸垂落

染红了朴素的羽毛

他没忘记

啼鸣是他前生满腹的相思

梦是他画卷中血泪勾兑的薄命佳人

嘀咕嘀咕，布谷布谷

抚摸着心底歌唱

频频回首，温情脉脉

义无反顾，声声不息

18. 江 湖 行

那时候风流飘逸，情长恨短，走着看着

酒热了数壶，就飘进了江湖

栏杆拍遍，醉里飞剑，惹一肩落花如雨

风月姣好，浪游如梦

一怀夕阳，征帆数点

爱恨恩怨，在雨丝水墨中静静发芽

蜻蜓温柔点水，堤上杨柳飘飘

水湄、小桥；酒醒、愁浓

沿着乡音，追逐天边流荡的白云

循江南展开的画卷，飞刀摘星，桃花飞扇

雁鸣触痛没落的客栈

桃花隐入茫茫的风沙

大地澄明，人在江湖，忽而有泪

衣襟在风里飘拂，把噩梦藏在枕边

年少的遗憾总在云上飞，答案总是悬而未决

流水勾花开，灼灼古道，三步生香

惹得江湖人半日迷醉

天涯路远，春风满面，江湖妙不可言

在困倦里挣扎，往事不必回首

期待明天，知音相遇在江湖

相濡以沫，相守在小桥流水

19. 让我打开窗

月明星稀，城市的一隅

当我打开窗，我希望泪眼似的星光

变成鼎沸的人潮

日月如流，白云如絮

风和日丽，春光无限

当我打开窗，我希望如诗铺叙的万里长空

变成阳光的波涛

清波向我、琴音唤我，近谷无霭、远山无雾

花朵绽放掀开城市浩荡的春宴

喜悦淹没你的细语，散发你我情感的变幻

让天际堆垛的云，让阳光的一掌手印

让吹拂心胸的一阵清风，让诗意依随的细雨

让花草的每一味香息，让你我沉醉的几盏淡酒

都点点洒洒在人间

最美三月春风至，遍地行花令

开窗已见街衢洁净，悲伤已清

万物凝着露珠的慈爱，倾听春天呼吸声声

20. 雪

雪蓄满我的所愿，抚过玉立的白桦

以雨而凝，为山而舞

和冷风一同卷起冬日的感伤，送过寂寞的山梁

使草木战栗，为土地银装

雪停留在已结霜的窗

拥一颗冷到极致的心

带执着的影，至洁的美

深吻暗香的蜡梅

在拱桥弯弯处共赴今生情长

借着爱的力量，书写一季的心狂

借寒风在心弦上叩起的回响

轻扬曾经失落了的浪漫

雪满对面人家

情满翘脚屋檐

抚弄灯火深巷

视线不及之处许尔之愿

所求皆如愿，所行皆坦荡

雪花漫飞，心思飞扬

21. 雪，这飘飞的梦

霜风蓄满三季的沉默，刃锋出鞘

这尖锐的刀子，割断草木的安详

雪花儿从天上敲下去，这奇迹的降落

飘过午夜的灯火。我贴近窗户

我伸臂，摊开手掌。思想穿透厚厚砖墙

走向那絮状的微凉处

雪梦一般的飘蓬。可我的心压着岁暮的

感伤，究竟哪一朵可揉去惆怅的灰色？

哦，我忍不住这一刹的寂寞

若我是这欲断又续的雪

必以爱撒满山头，以高贵的美装饰

寒冬的凄楚。长风千里，翩翩以一生的爱

一念梅的清馨，沾去弯弯树梢

在迷蒙中揉去山河的心胸

轻轻唤醒睡梦中的春天

22. 象　棋

卷袖对坐，捻须相弈

炊烟如雾，将帅相逢

棋手的心内永恒，如风起云涌的武林

盘上跳荡的棋子，弹落万顷江波

剥落所有苛求　虚构枕着快意恩仇的江湖

穿过烟火缭绕　虚构踏日而行的奔腾骏马

虚构在仓皇岁月中，例无虚发的炮火

天热汗蒸，浮躁的蝉声无法冰镇

对白不多，却因一举不慎满盘皆输

重返棋局，棋势复生，屋瓦乱飞

茶寮闹市，楚河汉界，局面更紧

再三思酌，鏖战不停，仿如人生

23. 三峡随想

枕着的是重重山峰，够我深睡一夜

踏着的是滔滔浪花，渡我安稳一生

远远飘来的是袅袅的炊烟

炊烟之下，是一桩桩童年往事

江水滔滔，一直在脑海中响

远古的号子在浪尖上腾跃

悠悠巴国水，绕巍峨巫山随大江东去

三峡，载的是千古的月，泊的是飒飒诗章

三峡，风霜里挨过，坚固巴人的意志

三峡，绵绵东去，巴魂永生

24. 南山近

窗前春暖花开，飞鸟在湛蓝的湖波中飞翔

心醉的南山，白云下花开成澜

山下有秀丽的村舍，傍着弯弯河流

有夏风蛙鼓，依着青青禾苗

有白石暮雪，靠着苍松翠竹

有水车小屋，窗内情人昵语，煮茶对坐

有盛载着诗意的小舟，在艳阳下的湖里轻荡

春来秋去，星辰繁复

南山离我情关太近

种一畦田，晒黑一张脸

成就两手硬茧

扬起一路山间甜歌，辛勤拔藕采莲

能得一场喜宴

相伴绿水，摇荡船桨，把酒吟歌

但愿世间的美丽永驻南山

25. 巫山神女

红叶噙霜，携着金黄的典雅
沿着一湾江水，红遍高山与峡谷
仰望远天的雁阵，猿啸萦绕在山楼
鸟鸣如古时的管弦
我一头入梦，栽进巫峡千扇的峭壁
冒着猛烈的豪雨
窥看神女站在鼙鼓上挥袖旋舞
衣裙飘飞、楚楚动人的一笑回眸

歌谣驮着千古不眠的乡愁，飘在风里
凉秋从水里的清芬处而来
最秀美的身姿，流芳至今，风雨如故
忍受坚硬的痛苦，势接云天，吐纳千年

为我巍峨华夏，在历史的长卷添加柔情

眺望大江东去，心愿巴人不懈的意志永固

祝祷神州大地的美情都有所归依

26. 枯树的梦

花朵开到枯萎，夕阳染红山峦

枯树在稍纵即逝的美丽里摇枝

倩影负手离去，笙箫满怀怨哀

路旁的芬芳，翩然辞别山野林岸

云霞渐渐消散，美的笑涡化为戳痛

树皮在冷雾中皲裂

偶然停留枯枝的鸟匆匆而飞

凋谢，但渴望重生，盼大地春回

春雷惊大地

疾风骤雨成章

枯竭的枝丫，豪饮天空坠下的酒

不朽的曲根

吮吸大地的甘泉

新芽在枯枝旁绽放

面对苍穹，熬过寒冬在轮回中重生

不屈的尊严就是梦的希望

27. 公　园

我沿着晨光奔跑的绿道，追逐春的心尖

去问候绿荫覆盖的公园

那垂成心形的叶片

在春风的吹动中荡漾

黄鹂翘起尾尖斜飞、串起

热烈的情愫，剪过满园的郁香，唤醒人间

阳光与笑容围绕着我

孩童与圆鼓的青虫在地上游戏

握一把青涩的籽实在手，慢慢地玩味

粲然一笑，浸在熏人欲醉的草香里

出神的片刻，不想手掌被彩虹染色

再看趣味的景象

他揪过她一缕精美的发丝

朝对面的女孩骄傲地挑眉

转而又相互牵手笑笑相见

公园的角落展现天真的童年

生活的安详永远在线

第四辑

他乡顾盼

Chapter 4

忽然安澜
HU RAN AN LAN

1. 橘子洲头

在充满辣味方言的长沙，从历史的深水区

打捞起一匹马，重组侠客刀剑的风情

在满目的文字里、石刻的记忆中徘徊

在腊味的传说中追踪一支长矛

怀着敬意，仰首怀古

漫步橘子洲头，依栏观水

望一程敬一程

与伟岸的毛泽东铜像

在清朗的光线中一起远望——

远望湘江北去，吟诵今古

心牵岳麓山下的浪花

浪花起首，湘江放怀向天

所有的桨都力争上游

万山红遍带着巨大能量

一抬头，点燃星星之火，胸襟，释放潇湘豪气

有独立寒秋、挥斥江山、催人奋进的旋律……

2. 徒步雨林

翻过大山的驼背

去雨林古茶山看重复浅唱的流水

布满叶脉的绿

西双版纳的微风和细雨

拥进晨醒的傣乡雾

和枝上缠绵的水纱

接近自然、贴近雨林

脚步变得缓慢而柔软

屏住呼吸徒步，水气灵光、枝叶绚烂

雨季，在斑斓的西双版纳行走

漫山遍野的茶树幽香

聆听天籁之音回响

悠闲的途中把忧伤抛在路上

捡拾起地上一枚野果，紧紧地握在手心

握出了南国的香气、西双版纳的雨中密语和灵感

3. 枫 桥 夜

姑苏夜半，桨声顺水而回

扬眉采下涛声一缕，储存满船的诗稿

浅浅的酒杯，吊出他如墨的倒影

是与月最近，与我最远的人

霜华及至，枫桥落月，辉芒挪移岸边屋瓦翘角

渔火微晃，月夜响钟，回声激荡江心绵绵水波

他流连江水轻涛的箫声

飘送一份炽热的情感

垂落诗情流连的思念

风霜不变，涛声依旧

只是额上的皱纹骤长

低吟，推寺门，岁月静默

对月饮下微辣入喉的家乡米酒

醉听桥边遗落的情话

月光横卧，水烟袅袅

月落乌啼，枫桥寂静

依旧在等摇晃渔火的忧愁归客

依旧在等影落寒山的淡淡温婉

依旧在等我登上他的泊岸客船

4. 在 路 上

从拉萨我带回来圣洁的哈达

它是我现在与未来辉煌的梦想

把纯洁的宁静带到路上

把仓央嘉措的情歌带到路上

把幻想插上白鹤的翅膀，带进我的心路

从西双版纳我带回来一只色彩斑斓的蝴蝶

它用大爱的誓言接纳了我的低语

缓解因疾书而麻痹的手指

擦拭在故事里因感动而落泪的双眼

我把减退热度的梦想夹进了时间的册页

在路上，在矮山与高山之间，在浅溪与清河之间

在人群与车流中，穿来穿去

就像银针带着细线在飞

5. 澜沧江的颂词

我可以形容牵来最美晨光的澜沧江

从城市穿过的诗意、释放温暖的伟岸

但我无法形容面对让生命去旅行的霸气

以及为它痴狂、为它怀想的目光

在让灵魂去栖息的西双版纳、澜沧江畔

就像消逝在路上的人生最初答案

高处的风光里存在对低处风景的包容

撕碎晚霞的江浪、奔腾的水花

宛如年少时充满力量的梦想

让每一个与它泛起融融诗韵的人爱恋

让每一个与它由思考结缘的人怀念

祈愿在一年一度的春天，与奔流的澜沧江厮守

守住如玉的澜沧纯真的品格

从江头到江尾，让爱如江水般闪出光泽

6. 傣乡夏深

闷热的天穹，我在竹编的房舍

闻着从窗棂飘来的夏天味道

就着暑气，写傣乡淘洗大地的风情

热风扑面，载满夏天的幽深

浮躁的虫音在傣乡把我围圆

在白天太阳织就的热网中

夜的温度依然炽烈

扶着酒壶痛饮，盼凉风盼雨流

我要把所有的诗句写得纯如天青

不在乎月光是否依旧可以健步如飞

不在乎星河是否依旧可以撒网捕捞

不在乎草木是否依旧可以随热浪摆摇

诗成的时候，忽然发现风裹来一场雨

惊扰木楼，惊扰树丛，惊扰傣乡

成线的雨丝在测量傣乡的天空

清新的空气带着凉爽挠着大地

雨花滑落，馨凉成就一夜清梦

7. 丽江古城

倚着茶马古道的老驿站

凝望星空端视圆月的雪映之城

无法数定，紧连的古道石桥如眉

彩石铺地，四方街薄暮涤荡

置身幽静处，微风拂面醉

渡入繁华地，欢声笑语甜

沿街溜步，斑斓点画媚眼

院户垂杨，扫过游客商贾身影

手鼓寄趣，颂纳西姑娘的传神妙唱

霓虹悬空闪亮，绿树鲜花满庭入巷

月色灌满枝叶，水声歌声回荡在雪山

街头轻唤一声丽丽

无数灵动的眼睛在古乐中回身张望
不是好奇，那是深情的顾盼
秀色丽江，篝火旁姑娘在竹竿间进退
竹竿举放，发出快乐生活的呐喊

灯火阑珊处
渴遇一位志趣相投的姑娘
携手攀玉龙雪山
看银光在山顶绚烂
沐阳光，共吟诗云
徜徉在雪域高原上

8. 湄公河的秘密

来到云南，辛酸的眼泪洒在了路上

彩云之南，让我紧张的心不再迟缓

绚丽的彩虹汇入澜沧，孤独隐于江水

四千八百公里的诗行将一轮皓皓的月托圆

该用什么样的标点才可以停顿穿梭的雨

触摸南方以南的神经

该用什么样的标点才可以迎来喧闹的手鼓吟唱

来到云南，山河远阔，会心一笑

是风，是浪花，牵走傣族的水、汉族的胸怀

纳西的乐舞、佤族的歌谣……

汇入老挝的升空烟花、缅甸的静谧悠闲

泰国的禅佛文化、柬埔寨的佛光花影

来到云南，醇厚的古茶馨香入心

沉溺的檀香一闻痴迷

澜沧江洗亮山川

也在我的心海奔腾、激荡

9. 想起哈尔滨

想要倾诉的欲望，足以装满松花江

我极少用夜晚的皎月咀嚼对你的想念

但我常在无比孤独的行程中

对人说起那些在中央大街叠叠重重的脚印

叠上马靴、叠上软步、叠上我曾经的履历

而今，我把隐藏在内心里的思念

装进一张旧信封，放入衣袋

坐在河谷，聆听着水声

如同索菲亚教堂里振翅高飞的鸽子

鼓动翅膀，歌颂松花江水映霞明

灵鸽咕咕轻唤，愉快身影天涯飞

今夜，我认真地念你

惦记雪白的窗外早晨，惦记柔和的室内暖灯

写不出的爱与时间的故事在心锅里被我乱炖

10. 追赶天边那朵蓝

饱食而归的牛羊在那里如珠穿缀

洁白云朵在那里如诗铺叙

彪悍的秋风在那里令我举手可触

我要追赶天边的那朵蓝，将情感播种

从风景无限的草原穿越而过

追到芦苇在河岸头白

追到雁鸣在天空回旋

我追到天边停下来，占据草原的边沿

身旁是滴翠的草尖和富有灵性的湖水

伸手触摸海拉尔的体温

用心感受那纯如宝蓝的天

终于看到青青草舍前的那朵蓝

放下旅途的累，奉上爱的鲜花

赶在夕阳落满草原之前

带着心向明月的那朵蓝同游人间

11. 2020 不过泼水节

凤凰花点画在江水中，浪花像吐出的火焰

江水倒映着灯光静影、月色和繁星

宛如天庭般绚丽

更深夜静、江水平缓，两岸放心安睡

因为疫情，我们相约，今年浴佛节

不泼水、不丢包、不竞渡龙舟、不跳象脚鼓舞

就让细细的潮音在平静中慢慢拂过

江水穿行生活的重，暗生寂寞的波纹

照见生命的美丽与高度，照见逆行的身影

江岸漫步，见水至清轻轻流淌

走上风雨桥静定，眸光漫步在江岸

岸上因疫情流着的泪与桥下的水

激起成章的绵绵深情

洗涤人间的灵魂并随风飘行

一如经历过爱与被爱的朵朵浪花

在江水里层层推进

触景生情，于是双手合十

默默祈福林间无霭、人间皆宁

12. 郭林锡勒的爱

我独爱草原，一爱再爱

爱到双眸不停穿梭在那青翠的草地

爱到微笑始终停留在那含情的河水

爱看草原马匹奔跑、蝴蝶翩飞

爱看马儿停蹄，顿落在牧民安放传说的草里

爱看牧民用利刃收割半阕古诗

爱看出关少年因乡愁而吐出的酒意

草原的意境，被卷起来

放在屋顶上朝阳晾晒

晒成奔跑马儿弯起的蹄

马群在远方奔跑

跑得再远也能听见马头琴的余音

还能听见我献给秋天草原的诗吟

还能看见郭林锡勒的黄树叶和连连笑声

13. 庐州月

心船绕巷，泊在寺钟的回声里

挥笔题写朦胧诗

古老的庐州月斜映小路

把自己横在一镜无波的湖上

放射着浪漫而莹润的芬芳光芒

激一时的豪放，掷下一袋子的亮银

答谢一池蛙鼓的伴奏

月光如霜，溜进我窗，贴在纸上

当初的笑颜，逝去的岁月，无期的等待

在清辉的落处，捎来无由的神伤

今夜，我在庐州独酌月夜的绝色

把盏三两杯，让心事渡过古道的风沙

14. 车行未来

方向盘在手，从繁华的城中穿出

翻越映云的水、傍水的山

行在春阳和煦甜腻了的江南

公路是故乡的河流，车流是喧哗的水花

窗后渐远的是缠绕旅人之心的青青柳杨

千山路远，车过景闪，身心舒爽

把村庄、山水放入心海

涤尽城市生活的繁忙

融入金山银山的花香

亲近最最真实的自然

景随轮转、心随景动

人生如车行

在似水的年华行向欢愉的未来
不可因碌碌无为而喟然长叹
不可放弃对美好生活的深切向往

15. 家

岁月如歌，在金色的原野轮回

每一所绮丽的花房，都莅临暖阳

你面带微笑，捧读页页的书笺

眸子闪处，都是花信捎来的眉批

风在轻歌，生动的弦声由心底穿过

鸟儿辗转水波的涟漪鼓翼而来

濯洗前尘，落定山谷里的家

我乘着秋千的滑翔机，怀缅童年的酸甜

问候山涧堆垛的云朵

你抛书凝神的观望，揣摩游子人生的因果

抚慰闯世界受伤的心灵

风，一霎俯首

褶皱了你皮肤，如山川

雪满发弦

你，以爱的注脚征服宿命的悬崖

以诗的绚烂焕发游子的生机

在慈爱的呢喃里

晾晒我翅膀上的旧伤，洁净我的灵魂

16. 厦门的巷

燕子驮着春天从绿荫滑过

巷底徘徊着夏天的惊蝉

弯弯复绕绕，从最静谧的角落

慢慢而从容，彳亍瘦了的街巷

心底那酸楚的海市蜃楼不现

怀着对厦门的憧憬

悠悠走过最静谧的花房

卖花女以笑迎我，满眼闪着莲光

长风袭来能嗅到芋泥的芳香

走在巷腰，轻叩厚厚的砖墙

亲切的笑容，送予一碗归家的味道

静静的巷，爬藤的房

衔我的心恰如回乡

17. 在 周 庄

推开临河的一叶小窗，丹桂飘香

阳光淡扫弧形的拱桥、着墨的古巷

整片天空的幻想，遗落在周庄的水乡

看云如水，望水如云

涟漪如鞭，拂过泼墨的山水

轻风行令，放牧天上的彩云

水廊环庄，船娘摇橹

一肩幽香的乌黑长发，衬托水乡的柔美

一路甜润的江南水调，咏唱幸福的希望

桨橹放送，小船穿梭古镇千年的烟波弥漫

还有别了又见的浮萍、水草、石头的护岸

我盘腿打坐

把蔚蓝的天空、曲折的石板巷收藏于心

从富安桥走到双桥，体会细风与桂花绵绵的清音

18. 雪　域

香雾中诵经的喇嘛，凝眸远去的灵魂

高举着转经筒，把雪域中的善念

轻轻地摇成银器一般闪亮的梦

这是一条通向内心的天路

转山的人双手扬起又落下，朝天向神跪拜

静坐的人在石头上婆娑着如露念珠

我也跟着静坐，在这圣洁的世界里

看看高悬的月亮，望望红墙宫殿的金顶

顺着淡淡的茶香，念想一次相遇的片段

如瀑发丝，瘦软细腰，一个叫卓玛的姑娘

与我在拉萨街头，度过一个金色的午后

我渴望成为雪域的一员，在颗粒饱满的青稞背后
做一个年年种植硕果的人，经历热闹亦品尝寂寞
穿过时间，雪域如常，它以雪的纯洁
升华每座山峰，驻守每条河流

19. 绍兴访鲁迅故园

知乎绍兴，尽物之性，乡愁刻骨

松风竹露在水一样软的绍兴话里陶醉

墨竹的篷船，穿行水网，撩拨着我的心弦

春雨袖，浪花手

我在波上放歌纵酒，鱼群吹泡应和

与知己相伴

拥着虫鸣合唱的天籁，茫茫水天

拥着野花倾伏行径，酒肆茶亭

拥着暗香盈动，清波流云

拥着如画春景，甜腻樱桃

撑向意会文人的住居、三余疾笔的书屋

故园烟火稀疏是永恒的基调

多嘴的清风向我抖搂了燃亮人间的片段：

先生提笔生花，挥斥出子弹的风暴

刺醒的是无数噩梦，把愚弱的体格观念射杀

在古旧的太师椅上，信仰是倔强的弧线

把久远的苦痛打成碎沫

窗外清冽的阳光，斜洒遍充满墨香的书斋

摇人心径的蝇头小楷，几盏如豆的烛火

我触文客交会探讨的余温

我读源远流长的无穷文意

当你举伞涉过淋淋轻雨，整理临窗之桌

潇洒里带走久未打开的心襟

叠起篷艇一艘

从舟上沾去飘摇的水波，甘愿同流水周折江湖

骤雨过后，风又柔吹

百草园转回，花静，鸟鸣，簇簇杨花浅弯在露

沿着苔痕幽深重温熏香的风、起帆的梦船

耳边招招，再现的是，沧桑了岁月的呐喊

再现的是，他横眉冷对千夫指

俯首甘为孺子牛的震撼

20. 水乡安然

每一叶片都记取了滴滴晨露的珍贵

记取了她在波光水镜中的素雅

人来人往，船走解缆

推窗，风细柳斜的心事覆盖了春天的枝头

告别昨夜的酒意，流过十丈红尘

游过粉墙篱窗，滑过安然水乡

船从桥下漂过，如蝴蝶轻盈如初

闲坐船头读天上的明霞，笑看呼云映日的白鹭

弃船走过卵石小径

翠峦凝定，融为古代的屏风

我醉心于梦中屡次拜访的水乡

期待排桨而来的乌篷船

将我引进她家的粉墙

引我在河边洗涤紫藤穗花的长裙

让我暂歇这风风雨雨的一生

21. 瘦西湖

我们到廿四桥宠眷她消瘦的笑容

我们到吹台赶赴春天的盛宴

摇桨起水花

走近她火热的眸

走近为烟霞留白的纹纹水波

长堤春柳袅袅、万花园人影绰绰

甜润的花香，显出春天枝头的幸福

五陵年少猜拳闹酒的销金锅子

亮着爱的眼波

令千盅不醉的我醉在水里烟里

西边，云天绣了晚霞几朵

风生，杨柳颠摇，缠住西湖的瘦瘦温柔

风停，白塔霞照，映示扬州的沉沉史料

廿四桥已过

左岸桃红，右岸柳绿

船后水痕，瘦成一道浅浅的春波

千年的沉沦与辉煌在桨声里诉说

22. 阳光撒野

手伸进水里，揉碎那些云絮

赤脚踏进波光，逗留河水新生的鳞尾

点碎波光里艳丽的霞绮

水乡曲回，像美女的柳腰光艳地摇

如她甜润的笑，如她发尾的温柔

满溢我一河的恋意和相思

吃酒三杯，低头望水

心上婉转，彩虹静卧

瞻望水乡的风流，我心如愿

在欢乐的光阴里

沿着桃花的笑漾，当复归途

一路，顺着销魂的足迹，顺着一肩长发的幽香

顺着缓和的钟声，顺着桥与水

诉说青涩的脉脉心迹

动情地回首

祝颂久别的水乡安然自若，笑容无恙

23. 祖 国 颂

我常想把奔腾的江河嵌入我的文字

但是，不知怎样去表达这火般的挚爱

在音符上狂奔的河流一唱再唱

这载着忧喜的层层波涛怒奔千里

别着赤子的拳拳眷恋，吟唱一首首追梦赞歌

我常想朝多情的土地抒一首赞歌

但不知怎样去表达这火般的挚爱

她美如星子的眸，泛着温暖的亮光

一路轻软地笑，一路希望地歌

酸辛中充盈着坚强，挺过了沧桑的岁月

驻守光辉的信念，保持着东方的傲然

我常想在暖阳里收获金黄的硕果

带着艳丽的笑涡，品啜每秆甜蔗

追寻至爱的村庄

走近水墨江南

惊飞盼归的鹧鸪

凝望麦香的田野

梦里依回的芬芳

像朵朵流云，飘戏于泼蓝的天际

阳光的柔波荡漾我的心窝

我常想领略前尘雨韵，游赏仙山胜境

吟诗人的豪情，谱三分剑气

古老的雄浑在多辙的苦难中，昂着最高贵的气节

见证如晃的侠影，宽慰吹白了的乡思

承载一吼而满目的泪，熨烫温情的厚土

我常想踱着诗韵情愫的节拍

在朝雨轻尘的渭城，漫步新泥

轻过客舍前柔情杨柳与蓓蕾

逆风登临梦也梦不够的巍峨长城

北望载事成篇的万里躯体

见证了可歌的崛起

叠叠卫国的蹄印，撼我气魄

那呐喊！那啸声！

在山影，在耳际，交付于心

我常想我是青青的禾苗

在强盛的祖国

在丰饶的土地上

在绯红色的信仰下

在你的荣光中

结出金灿灿的果实

圆我绚丽的梦

24. 风　说

风吹草摇，月亮抡圆在夜空

人影潮动，背着梦想四处奔走

有人仰天含泪，有人功成名就

这一生要任风劲吹几回

才晓得走过几程山水、几弯小桥

风驰电掣，风起浪涌

风平波息，风和日美

刮起又刮落的风，吹落深秋的黄叶

掀动伊人的头发，让人万千感慨

有谁知这风呼千里的音律不同

才懂得这风划破的是你陈年的旧伤

风对我说，让我，做个风一样的人

扶着缠绵的雨，面对泼墨的山水

述情诗、吟琴歌，砥砺前行

25. 洱海的影子

把影子留给洱海，把敬意留给苍山

湛蓝是洱海的豪爽，挺拔是苍山的美赞

水与情远去了，荡漾成了海

干净的静月停泊在段誉的手掌

也贴在我的嘴唇，驻在女孩的窗口

炙热的情爱在洱海边来来去去

喝完一场轰轰烈烈的酒，再抽身离去

把潮起潮落的水花、精通琴棋的女孩

把水鸟、月光、星辰都盗走

把她的柔软、亲和、善良记在心口

今夜我心潮澎湃，与洱海为邻，与苍山结为兄弟

洱海是浪漫的，把夕阳放大到羞涩，直到山外

放大田边农人禾锄的影子，放大开心与快乐

放大月光的皎洁，放大她的一颦一笑

我去洱海是因为我结起一团希望

我去洱海是因为那里有我今生另一半影子

我去洱海是因为无法言语的向往

希望每天的清晨都感受到阳光的温情

希望每天夜晚都有难以忘怀的浪漫

26. 栖霞秋色

清晨的凉雾洒落在栖霞山

灼灼的红枫，沿着山脚放射到山坡

我沿着乡愁最敏感的捷径，上山寻秋

在迎风撩衣的太虚亭

缅想桂香不减的金陵城

在墨香犹陈的石刻处

怀古动人秋兴的六朝胜迹

在始皇指点江山登临处

思怀剑气长存烟云

观赏大江负载千帆东奔

一路漫游，一路殷红

万树红枫用橙红的彩染遍金陵

弄潮在大江圣境

此时枫叶已将秋凉驱除

此身独恋栖霞

此心安放在金陵绝色之境

蓦然回首

山上烈焰团团，片片含情

山下轻风摩擦江畔的芦荻，瑟瑟有声

27. 鼓浪屿的琴音

犹仁于朵云之下海路之中的三角钢琴

微风碧浪，歌颂着你的美

延展出情切绵绵的动心旋律

向上蹿升，欲揪天空的脸

穿插出细沙的摩挲声，与岛屿拍肩

那绵柔的琴音，在浪子的双耳喧腾

那澎湃的力量，吐出路途曲折的积怨

让他们紧闭双唇，释放泪水，绽开心房

你是我们衷心赞叹的天籁和弦

以毕生的热情，转折风霜烈焰

拥抱每个游子的名字

以知音的姿态，化解海风恶浪

聆听段段悲伤的憾事

在令思绪澄净的异乡，在通向明天的海岸线

让他们每天拥有暖暖的微笑

28. 边　城

豆绿色的水，随山而转

云雾如蒸，船行无踪

以沅水依托盛产的青盐、金黄的桐油

如今改走鲜亮平坦的高速公路

视域无限，芦花似雪，山重水复

端阳佳节已去

顶撞清波的龙船，在祠堂远避一隅

白鸭与麻鸭结伴，在雄浑的长河似与凤凰拥簇

心跳沸腾的鱼鹰，合拢翅膀，肃立江岸

逼视水中游窜的鱼

吊脚楼傍水而立，依山而筑

幺妹喂养着翻飞的鸟雀，品茗闲坐

诗人携酒徐行窄窄的小巷，老银铺

白塔如初，水碓转动，唤起各异的故乡感悟

我含着铜制的口琴，走向挑灯的吊脚古屋

只愿，遇到的情侣，一生安居

29. 秦 淮 河

皎月盈盈，河水缓缓

灯影璀璨，琴韵悠扬

船在水中逗起层层的涟漪

桥在水上沐浴着月光

水在桥下与风密语

这是桨声汩汩、晕黄灯影里的秦淮河

也是一条金粉荟萃、重叠历史的河

不论华彩多少，不论白天夜幕

不论繁星是否在水上交错

演绎情怀的人和游踪水波的客

都可以体会漾漾水波里的蹉跎

岁月交替间，脂粉味已随水而去

一直的繁华皆因六朝古都

如今，融在现代的风华里

醉在景致，乐在人和

30. 云 朵

天边醉卧，是你们未曾见过的白云

是我笔画中老去的衣衫

云下驻足，会看到那奔跑的云朵

那朵朵云儿，像情书，像干练的野狼

随一缕风掠过西双版纳

映山映水，变幻着姿态

在天边、在大地之上成群结队

站在地上，仰望云的风度，动人在天边

追到天上，云朵匍匐在脚下，扇起我的狂想

云朵肥沃，云朵绵顺，像极我们说过的情缘

云起云涌，在傣语的温暖中一点点蠕动

一寸云间，一方诗界

这云朵到底有多挚厚

应该怎样才能与它进行哲思对诵

31. 侗族大鼓

杯盏二三，侗族大鼓敲响

凤凰起状，拍翅随调舞浪

鼓声把天空掏蓝

将山寨变成轰轰烈烈的舞场

今天我踩着动人心魄的鼓点

让心灵随声涤荡

鼓的旋律越发激扬

激荡夜的翡翠，使篝火盛旺

使一圈帅舞步，抒写别样的赞叹

赠献给黔之大地，献给异乡

心潮澎湃，脸色潮红

一跺，花朵灿烂

再跺，她将成为我的新娘

三跺，感谢鼓声带给我的浪漫

愿世上最古老的鼓声，始终铿锵响亮

32. 阳光下的祖国

阳光如镯，环绕祖国的龙脉

阳光如墨，滋润万重山川，沐浴大江南北

阳光如笔，笔锋挥过盘古的开天辟地

横过滔滔黄河、滚滚长江、湛蓝色的东海南海

撇过气贯山河的万里长城、风尘弥漫的河西走廊

阳光如水，倾泻一窄书案、青花瓷器

倾泻几千年的中国历史、漫长人类书卷

倾泻满谷的花朵、出水的白莲

还有翰墨飘香的唐诗宋词

阳光下的祖国，高铁如网，八方纵贯

北斗天宇跃，神舟太空行，量子星河穿，蛟龙深海游

"雪龙"探南极，"天眼"追星逐梦

阳光下的祖国，人民幸福安康，国家昌盛繁荣

五星红旗飘扬在东方，国力日强

阳光下的祖国，横卧而眠的睡狮已醒

是涅槃重生的凤凰之王

是嘹亮的国歌中腾飞的东方巨龙

愿阳光下的祖国，富饶无比、生生不息

再续文明强盛之路，喷薄出庞大的复兴之梦

附录：

穿过命运的窄门

——方严诗作短论

汤文益

收到方严发来的诗作时，我正沉浸在一首短诗和它所营构的世界之中。这首诗出自英国诗人威廉·埃内斯特·亨利之手，题为《不可征服》。在传记电影《成事在人》（2009）中，这首诗是支撑南非著名黑人领袖曼德拉永不低头、保持愤怒的力量之源。在这种心绪之中，欣赏方严质地柔软、寄意抒情的诗作，或许有些格格不入，但我总觉得，冥冥中似乎有一种奇缘，引领我将方严和亨利相提并论。

面对云朵、赤豆、流水等意象，方严难以遏制与它们进行"哲思对诵"的冲动，这种冲动，时隐时显，伴随着方严走过人影潮动的街市、缠绵悱恻的风雨，以及"泼墨的山水"。我以为，没有这种"哲思对诵"的冲动，诗人就失去其"思"的本色，诗歌就失去灵魂的依傍。毕竟，诗的艺术既是行为的艺术，又是思的艺术。我所期盼的是，方严既能够厚植"思"的根基，又能够超越"思"的逻辑与结构，以灵动的语言赋予"思"以美感和生命。这是亨利等优秀诗人给予我们的深刻启示。

"诗的问题就是生命的问题"。我们欣喜地发现，方严将生命的意义寄托于诗，试图在诗歌的结构形式中，唤醒、重塑生命的秩序，或如狄尔泰所说的，方严对诗的爱，已经构成了一种积极价值，并赋予生命以意义。比如《水与茶》，写出了友情的细腻、丰盈与生动，而我们的生命，也在这种如"翠玉般的茶色"及"纯浓"的"苦味"之中，收获"人生中的唯一印合"或"灵魂的伴侣"，并在彼此的交互感应之中，将生命从现实的重负下解放出来，为生命力的蓬勃绽放提供极具意义的人生图景。从这个意义上说，亨利《不可征服》所洋溢的勇猛刚健的生命力，与方严作品所彰显的热烈绵柔的生命力，只是呈现方式的差异，而在超越生命、解放生命这一诗意本质上并无不同。

但是，方严就是方严，不可能是任何别的诗人，因为，诗歌的生命体验具有强烈的特殊性、个人性。我的意思是，方严可以临摹亨利等优秀诗人的创作技巧，也可以迷醉于伟大诗人精心构筑的诗意世界，但永远不要丧失自己的本真之思以及独特的生命形式，而是要在对自我及意象世界的开放、扩展、揭示和发现之中，从"既定的生活秩序之域超越到想象的、理想的、可能性的生活之域"，要在自己的"宣纸"上叙述撩人的春色，在自己的"麦田"间渲染"阔大的阵势"，在自己的"杏花村"中静候光阴苍老，在自己的"书院"闻桂香、读长卷。这一切，都是方严独有的诗与生命，因而无可替代。

亨利《不可征服》有多个译本，这里呈上我最喜爱的一个版本，送给方严，以及所有将诗歌视作生命，或毕其一生之力，试图穿过命运窄门的人：

透过覆盖我的夜色，
我看见黑暗层层叠叠。
我感谢上天赐予我，
不可征服的灵魂。

就算被地狱紧紧拽住，
我也从未退避哀求。
遭受命运的重重打击，
我满头鲜血，却头颅高昂。

在愤怒和悲伤的尘世外，
耸立的不过是恐怖的影子，
面对未来的威胁，
我无所畏惧。

无论命运之门多么狭窄，
无论承受怎样的惩罚，

我是我命运的主宰，

我是我灵魂的统帅。

我跟方严及其诗作的相遇是一种偶然；将来，方严可能会通过我的文字走近亨利，这也是一种偶然。在这些偶然之中，又深深潜藏着宏阔而深邃的必然。这是诗的必然，思的必然，生命的必然。

2020 年 7 月 5 日于一芥斋

推 荐 语

　　方严用真诚与率真的诗句，向读者敞开自己无欺的心怀，呈现出对生活乃至生命的理解，以及对故乡的不舍与爱恋。可以说，在人生不断前行的旅程上，方严终于抛开所有畏惧的阴影，且带着感激的泪水、亲朋好友的鼓舞，借诗歌的魔力，长吐出英勇与豪迈，让一切的一切都充满美好的期待与爱意。作为诗界的先进，我所寄希望于方严的是：使自己的心灵更加强大，足以气吞天地日月；让自己把根扎得更深，在生活中、人民里；将自己的诗心、诗情、诗意、诗章，汇入源自《诗经》《楚辞》的中华诗河、诗海之中，并掀动汹涌的浪花与波澜。

——白庚胜

道路来自天边，方严是个出发者。在自己想象出来的世界里，用语言唯心地行走、解释、求购，尝试着呈现传统语境中分裂的自我。方严的真挚与坦然令人感受到了诗歌干净的美。

——雷平阳

方严以诗歌书写青春，探索情感，提炼生命，当这些追求被独立而独特的意象呈现出来时，方严眼前的世界因此丰富并深刻起来。

——许春樵

方严是一位刚刚迈出大学校门的诗歌作者，在念书时就创作了不少诗歌作品。诗歌有些虽然表达直接，色彩过于绚丽，但却饱含激情而且真诚，如喷发的火焰，抒情性极强，而且都是对生活、对山川的赞颂，对写作有虔诚之心，假以时日，相信方严在诗艺上会更加成熟。

——李寂荡

方严以青春、阳光的敏锐与多思，以积极自然的心态和笔触，融入了自己对天空云朵与梦想的追求，对季节和岁月的咏叹，对亲情、友情和乡情的倾情抒写，对人生喜怒哀乐的追问，其情感真挚，侧重于诗人自身的内在情绪，有迷茫，有苦恼，有喜悦，有感慨，还有梦幻跳跃的絮语，充满了对生活、生命的憧憬与向往。诗歌意象丰沛，想象奇崛，情绪线条舞动若云。

——李自国

方严刚从大学校门步入社会，经历了青春期的"辛酸"和"磨折"，终于找到了诗歌这个"秘密的树洞"——在这里存放收获的"宝物"，疗愈初出茅庐后的伤痕。诗歌让方严觉悟到了自己与别人的不同，并得到了来自灵魂的力量。我想方严是幸运的，在这个世界上，没有多少人可以在"苟且"的世俗生活中体验到"星空"或"飞翔"的幸福。

——陈　亮

方严是来自安徽池州的年轻诗人。我没有见过他，读方严的作品也不多，只是偶尔在微信中交流一下。现代的交流方式实在便捷，相隔千万里的人们都可以实现瞬间交流的目的。在过去，这只能是梦想。我的感觉是，方严的诗关注现实，打量内心，写得比较实在，不属于那种尖锐、锋利的作品，但作者对传统文化拥有较深的了解，对足下的土地感情很深，这些都对方严的创作影响不小。我在想，无论做什么事情，脚步有时可以放慢一点，给自己一点时间，想想曾经走过的路，想想未来的路如何走得更好，这或许是另一种更有价值的收获。写诗也是这样。我的家乡有一句俗语：磨刀不误砍柴工。其实，偶尔静下来，甚至停下来，少写几首诗，或许并不是坏事，它可以在某些方面提升我们。祝愿爱诗的方严写出更多更好的作品！

——蒋登科

在诗人方严的诗歌丛林里，冰冷的石头有体温，折翅的鹰永远保持翱翔的姿势，失眠的人正在梦回故乡！阅读这部作品，忽然感觉文字在复活，思想在飞，忽然发现每首诗都如一把平息了怒气的匕首，在皎洁的月色中露出无边无际的光芒！在诗人眼里，一切现象、一切事物都可以入诗，诗歌是萍水相逢的回眸，而方严的回眸简洁、精确、严谨却富有哲思。

——周鹏程

夜酌成诗（后记）

每天若有所思，想写出风中清亮的安宁。

一束细花、一道堤岸，或是蝶恋花的舞姿，在人间的底色上留着永远无法褪色的艳丽。来自前世的雪，通过我的笔，显出树影之外的安澜，颂扬天地之间的安宁，落在诗歌的旋律中，如波荡上的琴谱，与寂静养育的花朵相映颤动。在照耀万物的阳光中，我没有放弃自己的理想和追求，通过写作发现生活中有趣的一切，用文字形容我阳光而精彩的青春。

因为诗歌，我在无边的幻灭中爱上了众生，我在阳光的温暖中绽放想象，我在星星点闪的深夜使心灵产生风；只要站在天空下捧着一本书，我就可以感到任何角落都有爱的光芒；因为满满的诗意与爱心，敞开的心房面对的是崭新的春天，人间一切事物都美好，当诗歌成集表现为文路上一个片段的结果与总结时，内心有抑制不住的欢喜。

《忽然安澜》诗集的出版，是让我感到很开心很兴奋的事情，以心灵的真实，痴迷字词形成的音韵，这些片段可以让我给自己的诗歌说几句小结，将我千呼万唤的轻喊，让我的人生安澜并不断地得到磨砺，让美好展示在广阔的尘世中。

真诚感谢中国作协诗歌委员会副主任、四川省作协副主席、《草堂》诗刊主编梁平老师为我作序，感谢安徽省作协第五届理事阮德胜老师为本书题写书名，感谢中国作协副主席白庚胜老师对我的支持和鼓励，感谢国家一级作家、著名诗人雷平阳老师对我的支持和鼓励，感谢安徽省作协主席、国家一级作家许春樵老师多年来对我的支持和鼓励，感谢《山花》主编、著名诗人李寂荡老师，感谢著名诗人、《星星》诗刊副主编李自国老师，感谢中国作协全委会委员、青岛市作协副主席陈亮老师，感谢中国作协会员、西南大学中国诗学研究中心副主任蒋登科老师，感谢安徽省文艺评论家协会会员、池州市文艺评论家协会副秘书长汤文益老师，感谢著名诗人周鹏程老师给予诸多的指导与厚爱，并感谢那些一直以来给予我关心鼓励的所有亲人和朋友！

2020 年 11 月 14 日